AF289630

FSC
www.fsc.org
MIX
Papir fra ansvarlige kilder
Paper from responsible sources
FSC® C105338

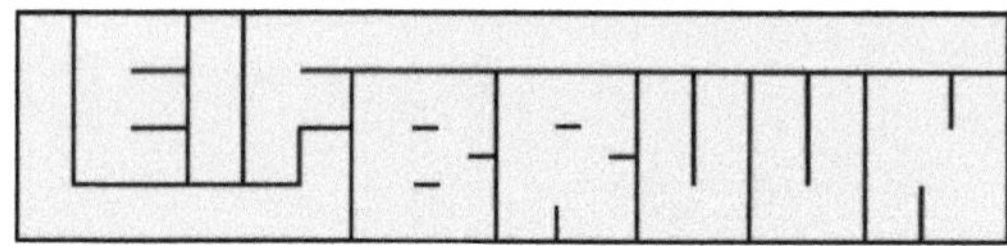

Beddes de bedste

Min mor har alle dage været go' til
at fortælle vittigheder ...

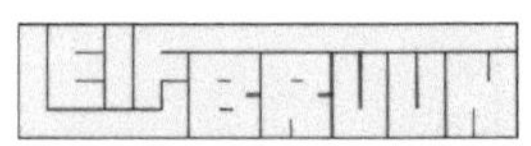

Bogoversigt

Ledelse	*Så vidt jeg husker*
For resten ...	*Operation læserbrev*
- at leve livet levende	*Beddes de bedste*
Det menneskelige væsen	*Operation debatstorm*
Historiske tidslinjer	*Familiedata (leifbr.dk)*
Smederim og brokker	

Præsentation af bøgerne og øvrige oplysninger kan du se på min hjemmeside

Leif Bruun - 2019
leifbr@leifbr.dk
www.leifbr.dk

Mangfoldiggørelse af denne bog eller dele deraf er i henhold til gældende dansk lov om ophavsret ikke tilladt uden forudgående skriftlig aftale.

ISBN 9788743015536

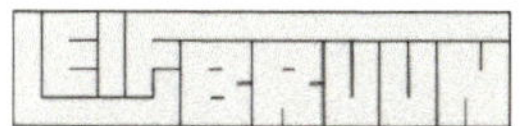

Indledning

Min mor, der i familiens skød har heddet *Bedde* lige siden de første børnebørns ankomst, har alle dage været god til at fortælle vittigheder. Især i de 23 år hun arbejdede hos Schaub & Co i Esbjerg, blev vittighederne flittigt suppleret op. De lidt mere vovede hun tog med hjem fra fabrikken, kaldte vi *Schauberter*:

- Ka' du ikke lige fortælle en Schaubert? lød det ofte. Og så bredte der sig straks en munter stemning.

Grethe Nielsen

Bedde er født i en lille by nord for Varde, der hedder Nordenskov - eller *Norrenskow*, som man siger på de kanter. Dengang blev hun kaldt *Bette-Grethe* og gik i den *Stråtækte* - sammen med *Lars Pæ'sen* for øvrigt.

Hvis borgerlige navn selvfølgelig er Lars Pedersen. Men den slags lange ord blev uden videre presset sammen til det mere mundrette Lars Pæ'sen.

- Jen ska' jo et rut mæ æ bowstav'r, som det hedder sig.

Bette-Grethe å æ påt

Bette-Grethe er i gang med at infor-mere Norrenskows købmand om det sid-ste nye.

Beddes de bedste

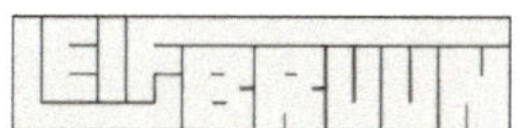

Lars Pæ'sen og Bette-Grethe

Æ stationsforstanders te Norrenskow og Bette-Grethe mæ Lars Pæ'sen

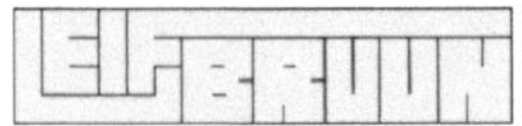

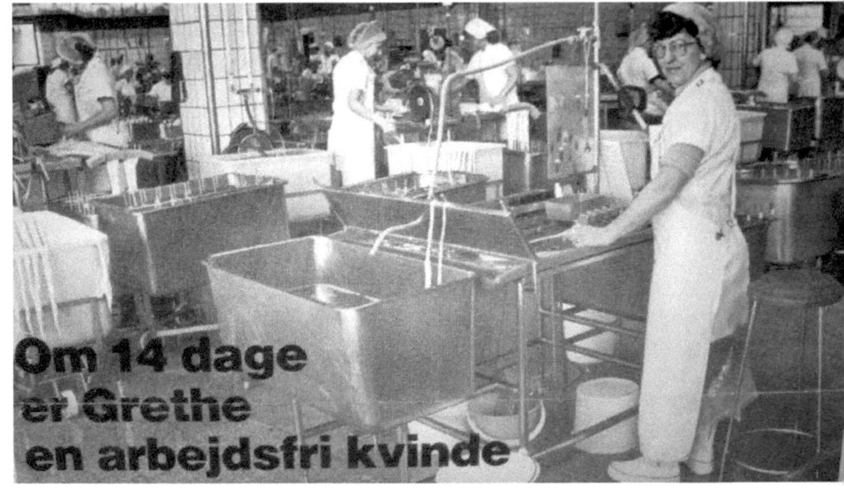

Tarmsorterer hos Schaub & Co i Esbjerg

Se alle disse oplysninger er slet ikke uvæsentlige, da jeg i anledning af Beddes 80-års fødselsdag den 27 maj 2003 samlede efterfølgende lille udvalg af …

          Beddes de bedste

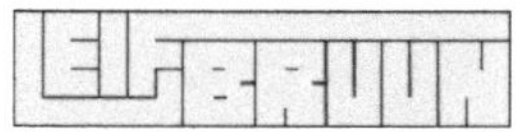

Lægger du dig i sengen,
eller ligger du dig i sen-
gen? spurgte læreren.

- A putter mæ', svarede
Lars Pæ'sen!

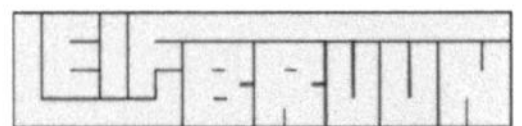

Lars Pæ'sen var på vej til skole og var lidt sent på den, så han havde *taen æ biern å æ nak*, samtidig med han bad til Vorherre for at nå det. Pludselig faldt han og udbrød fornærmet:

- How, how, do behøvs jo et å skub!

 Beddes de bedste

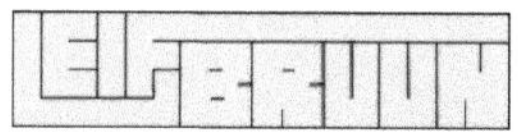

Lars Pæ'sen havde lært, at det ikke var pænt at sige *tisse*. I stedet skulle han sige *fløjte*.

Så engang, han blev passet hos bedsteforældrene, vågnede han midt om natten, gik ind og vækkede bedstemoderen og sagde:

- Bedste a ska' fløjt'.

- Hvad siger du da lille Lars Pæ'sen? sagde bedstemoderen forskrækket. – Det må du ikke, så vækker du bedstefar.

- Jamen, a ska' så'n fløjt'.

- Nå jamen, så fløjt mig li' så stille ind i øret!

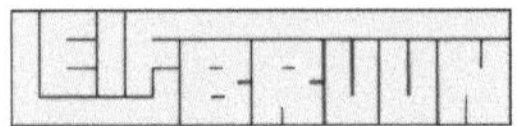

Læreren pegede på et billede af en ræv, og spurgte
Lars Pæ'sen:
- Hvad er det?
- A røv, var svaret.

Så pegede læreren på et billede af hullet ind til en
rævegrav, og spurgte ud i klassen:
- Hvad er det?
- A røvhul, svarede Lars Pæ'sen!

        Beddes de bedste

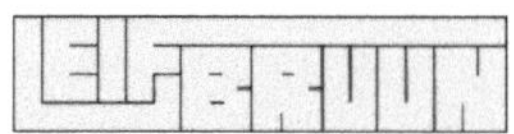

Lars Pæ'sen var blevet stoppet af Betjent-Olsen, fordi han havde kørt ned gennem hovedgaden i Norrenskow uden at holde på cykelstyret:

- Lars Pæ'sen, te no blyver a ny'er te å gi' dæ en bø'e for å være te unødi' fare i trafikken.

- Jow, svarede Lars Pæ'sen. - Men hva' do et ku' sier Betjent-Olsen, var, te at Vorherr' ham styret få' mæ!

- Jawel, svarede Betjent-Olsen. - Så ska' do jo ov ha' jen bø'e få å kjøre to å jen cykel!

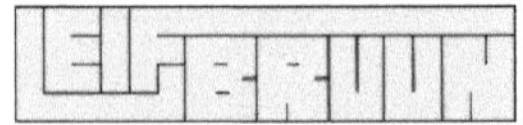

- Hvor hår do få't dæn cykel fra Lars Pæ'sen? spurgte gårdejeren.

- Jow, a mødt' Erna u'e å æ landevej. Da hun så fik øje å mæ, smed hinner sig i æ grøft og sa': "Ta' hwa do vil ha'!"

- Og så to' a æ cykel!

          Beddes de bedste

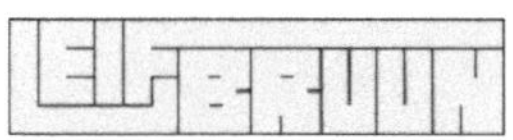

Det var 2 ludere, der sad på en café og diskute-rede, hvem af dem der aftenen i forvejen havde været mest heldig. Den ene havde lige fortalt, at hun havde været sammen med en direktør og fået hele 100 kroner for det.

- Hva' med dig? spurgte hun den anden.

- Åh, du ved, svarede hun. - Snedkersvend, høvle-bænk, splinter i røven og pengene til gode til på fredag!

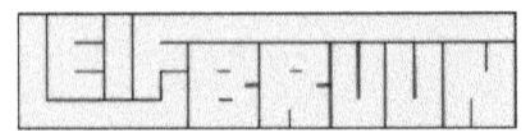

Børge havde fået et nyt ur med selvly-
sende visere til sin 10 års fødselsdags-
gave. Næste morgen spurgte han sin mor:

- Hvorfor sagde du i aftes til far, at nu er
den ni, da den var halv elleve?[1]

---

[1] Hvis du ikke forstår ovenstående, har du ikke en sjofel tan-
kegang!

     Beddes de bedste

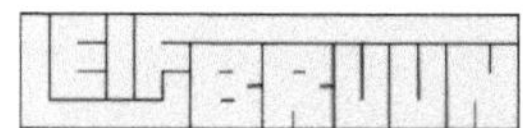

Lars Pæ'sen var for første gang taget med
Æ Newwelgris[1] til Varde, og efter mange
forviklinger nåede han frem til bestem-
melsesstedet, hvor konduktøren ville
hjælpe ham ud på perronen:

- Næj, protesterede Lars Pæ'sen. - A ska'
u' te den an'en side, der står mi træsko!

---

[1] Lokaltoget mellem Nørre Nebel, Varde, Nordenskov og
Grindsted.

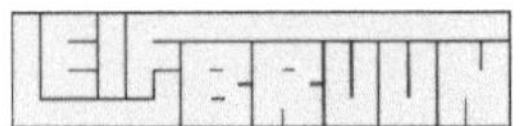

Den unge mand havde købt et flot sæt undertøj som julegave til kæresten. På det ene bukseben fastgjorde han en seddel med *Glædelig Jul* og på det andet en med *Godt Nytår*.

Samtidig vedlagde han en 3. hilsen med tilføjelsen, *Vi mødes mellem jul og nytår*!

          Beddes de bedste

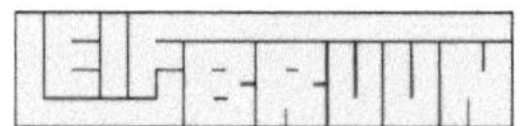

Der havde været bal *å æ kro i Nor-renskow*, og Lars Pæ'sen havde spurgt Erna, om ikke han måtte følge med hjem til hendes kammer:

- Næj, svarede Erna. - De' ka' et la' sej gjør', får a hår mi' sa'er.

- Nåh, hva' skidt, svarede Lars Pæ'sen. - Dem ka' a da ha' å mi' bagagebærer!

Posten var ude på Lars Pæ'sens gård og spurgte, om han havde fået skrevet efter noget fra Daells Varehus kataloget:

- Jow, a skrøw etter hinn'r å side 12. Hun er så sø'.

- Nej da, sagde posten. - Det ka' man da ik'.

- Jow, jow, svarede Lars Pæ'sen. - Dem hår ål'rede sæ'en hinn'r undertøj!

     Beddes de bedste

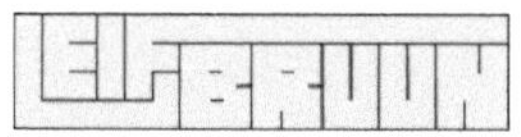

Lars Pæ'sen var kommen til *Kjøvenhavn* og gik straks om i Istedgade:

- Hva' ska' do ha' få'et? spurgte han den første luder, han mødte.

- 200 kroner! svarede hun på syngende københavnsk.

- Ka' jen et få lov te å si'er'n for en tier? spurgte Lars Pæ'sen.

- Joh, det kan du godt, svarede hun, gik ind i en port og trak op i skørterne.

Lars Pæ'sen satte sig til rette for at kigge på herlighederne. Men da det var lidt mørkt, strøg han en tændstik.
Lidt efter spurgte han:

- Ka' do et li'e tis mæ'en?

- Min gode mand, hvor meget tror De, man får for en tier? svarede hun.

- Næj, de' er da ov ri'ti', sagde Lars Pæ'sen.
- Men der er gaen ild i 'en!

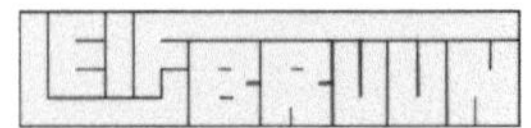

Lars Pæ'sen var taget til Varde for at annoncere efter en ny hushjælp.

- Ska' De ha' den i med det samme? spurgte den venlige avisdame.

- Jow, svarede Lars Pæ'sen blussende. - Mæn de' må do end'lig et skryw!

   Beddes de bedste

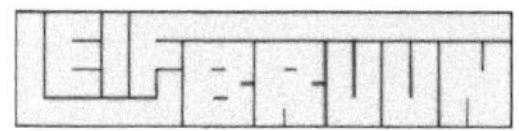

En ægtemand er på de små timer på vej hjem og
kommer på trappeopgangen i snak med mælke-
manden:

- Ja, jeg har kysset alle kvinderne her i opgangen
undtagen én, pralede mælkemanden.
Da ægtemanden senere fortalte det til konen, sva-
rede hun:

- Det er nok hende den kedelige fru Jensen nede i
stuen!

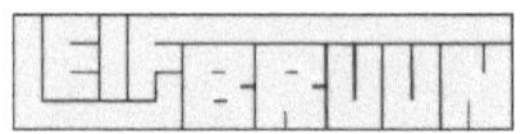

Lars Pæ'sen glædede sig sådan. Han skulle giftes med Marie på søndag. Der var 4 dage til, havde han regnet ud. Han kunne næsten ikke holde fingrene fra Marie og tiggede hende, om de ikke lige så godt kunne gøre det nu:

- Næj, do må hold' dæ til å sønda', svarede Marie.

- Må je' et båre holde ve'en?

- Næj, de' går et, svarede hun.

- Ka' jen så et få låv te å lugt' te'en?

Det mente Marie ikke, der kunne ske noget ved, så Lars Pæ'sen fik lov. Bagefter spurgte han:

- Trowr do nok, ta a dæn ka' holde sej te å sønda'?

          Beddes de bedste

Endelig oprandt dagen, hvor Marie og Lars Pæ'sen skulle giftes.

Især brudens mor havde hele dagen været oppe på tæerne, for at alt skulle gå rigtigt til. Endelig kom man så langt, at brudeparret kunne trække sig tilbage og lukke døren til brudekammeret - for næsen af svigermor.

Marie satte sig tungt på en stol for at hvile lidt, inden hun skulle gøre sig klar til natten, mens Lars Pæ'sen begyndte at lede efter den bajer, han havde stillet til side til lejligheden:

- Den må da være her et eller andet sted, sagde han sådan nærmest til sig selv, da han ikke kunne finde den.

Da lød det ude fra døren:

- A hår wist et få't dej fårtålt, te at dæn sidd'r lidt bavle[1] i wor familje!

---

[1] bavle ~ bagudvendt

Lige som frøken From var klar til at gå ind under bruseren, ringede det på døren.

Nysgerrigheden tog over, og hun listede ud til dørspionen for at se, hvem det var. Mærkeligt nok var der ikke nogen, da hun kiggede.

Men i det samme lød en stemme nede fra brevsprækken:

- Hej Krølle, ka' du sige til mor, det er posten!

Lars Pæ'sen havde været i Varde for at ordne forskelligt. Blandt andet havde han fået købt sig et par nye træsko.

Da han kom hjem, stillede han sig foran Marie og spurgte, om hun kunne se noget nyt ved ham:
  - Næj, do ser uer, som do plej'r, svarede hun.

Så smed Lars Pæ'sen al tøjet undtagen træskoene og spurgte, om hun nu kunne se noget nyt ved ham:
  - Næj, svarede Marie, den hænger nier'ad, som den plej'r.

- Ka' do da et sier, te at den peger ne' å mi' nye træsko? spurgte han irriteret.

- Nåh, svarede Marie. - Ja, så syn's a dælme, te at do sku' ha' kjøwt en ny hat i steden for!

Spiritistens datter havde dagen lang plaget for at få lov til at gå til bal om aftenen. Endelig fik hun lov, men på betingelse af, at hun skulle være hjemme senest klokken elleve.

Flere gange i løbet af aftenen var spiritisten henne og holde en hånd over bordet. Hver gang hoppede det. Det betød, at datteren dansede, mente han.

Da klokken nærmede sig elleve, prøvede han igen. Nu begyndte skuffen i stedet at gå ud og ind! Straks sprang spiritisten på cyklen og skyndte sig hen til forsamlingshuset. Her mødte han datteren på vej hjem:
   - Hva' har du lavet? spurgte han ophidset

- Je' har da bare pumpet cyklen! svarede hun.

 Beddes de bedste

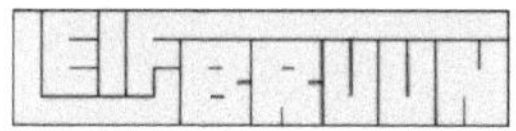

- Hva' lavede dig og far i sengen i aftes? spurgte Bent Ole.

- Nåh, det var bare far, der fangede en lop, svarede moderen.

- Havde den lop da beskidte fødder? spurgte Bent Ole.

- Hvorfor spørger du om det? svarede moderen.

- Jo, for du sagde, at han ikke måtte lade den gå på lagnet!

Lars Pæ'sen stod og snakkede med nabolandman-
den, der lige havde solgt sin gård, fordi han syntes,
der var for meget arbejde ved landbruget:

- Når no wi hår fundt a bette hus i Varde, ska',
do komm' å besøge wos Lars Pæ'sen, sagde na-
boen.

Det ville Lars Pæ'sen da også gerne, og en dag
han alligevel var i *æ stad*, tog han på visit:

- De' ær dælme a flåt hus, do dær hår få't, sagde
Lars Pæ'sen.

- De' hedd'r et' hus, mæn willa, svarede den
gamle nabo.

- Sikke a stour forstau, do hår.

- De' hedd'r et' forstau, men håll.

- Hva' får do så æ ti' te å gå mæ? spurgte Lars
Pæ'sen.

- A putt'r mæ mjest å æ terrasse, svarede na-
boen.

Da Lars Pæ'sen kom hjem igen, var Marie nysger-
rig efter at vide, hvordan det stod til med deres
gamle nabo.

- Årh, ham ær blevn li't vel vigti', svarede Lars
Pæ'sen. - Å no hedd'er æ kourn et Magda mere,
mæn Terrasse!

     Beddes de bedste

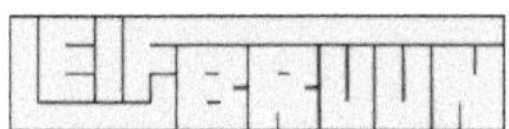

- Ved du, hvor avisen er? spurgte han ægtefællen.
- Jeg lå den på natbordet i aftes.

- Det hedder ikke lå, men lagde, forklarede konen.

- Her til morgen lagde den der ikke mere.

- Det hedder ikke lagde, men lå, forklarede konen. Hvorefter manden irriteret udbrød:

- Hvordan Fanden sku' jeg vide, at det hedder lagde om aftenen og lå om morgenen?

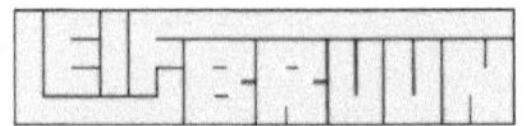

Et kærestepar var på motorcykeltur. Da det regnede havde de taget frakkerne omvendt på, så knapperne sad på ryggen.

Pludselig skred motorcyklen ud og fortsatte ned i grøften. Pigen derimod, der sad bagpå, fløj i en flot bue ind på marken, hvor Lars Pæ'sen var ved *å røjt æ kyer*.

Efter et stykke tid kom den unge mand nede i grøften til sig selv igen, og råbte straks ind til Lars Pæ'sen:
- Lever hun! Lever hun!

- De' gjor'e hinn'r, da a fund hin, svarede Lars Pæ'sen, mæn da a drej't hinn'r hued å plads, døde hin!

 Beddes de bedste

En handelsrejsende sad på kroen og pralede af, at han kunne lugte forskel på en Stor Komtesse[1] og en Lille Komtesse, så nu skulle det afprøves:

Han fik bind for øjnene, og minsandten om ikke det passede. Han svarede rigtigt hver gang. Så holdt Lars Pæ'sen en finger op foran næsen på ham:

- Hva' satan, sagde den rejsende, er hinn'r hær i æ by en'nu?

---

[1] Komtesse ~ cigarmærke

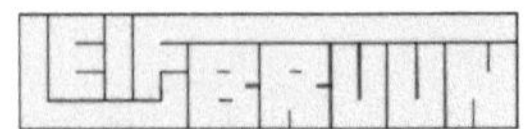

En af patienterne fra tosseanstalten i Ve-
ster Vedsted sad med en fiskestang og et
fad med vand i, da overlægen kom forbi:

- Nå, du er nok ude at fiske i dag, sagde
han.

- Overlægen må da være tovlig, svarede
patienten. - Man ka' da ikke fiske i et
vandfad!

 Beddes de bedste

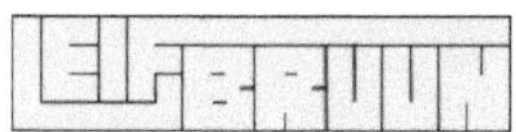

Hos manufakturhandleren var der en mand, der skulle se på undertøj med blondekanter til en gave. Da det lå på den øverste hylde, kaldte manufakturhandleren på yngste eleven:

- Frøken Jensen, kan De lige kravle op på stigen og vise kunden, hvad man kan få for 5 kroner!

- Hva' ær de' får a grumm' pivetobak, do dær ryg'r? spurgte Lars Pæ'sen en dag skolelæreren var på besøg.

- Det hedder *Lord Hamilton*, og er et meget anerkendt engelsk mærke, blev han belært om.

- Jow, fortsatte Lars Pæ'sen, mæn trowr do så et, te a dem hår glæmt å komm' æ *Hamilton* i'r?

 Beddes de bedste

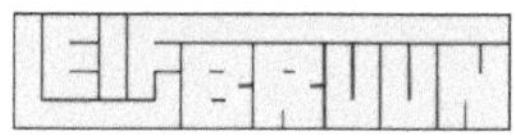

Der sad 2 damer på en bænk i parken og røg ce-
rutter. Da det begyndte at støvregne lidt, tog den
ene et kondom op af tasken, klippede spidsen af
og trak kondomet over cerutten for at beskytte
den.

Det var da en god idé, tænkte den anden dame og
gik hen på apoteket for at købe kondomer:

- De ska' passe til en *Advokat*[1]! forklarede hun.

---

[1] Advokat ~ cigarmærke

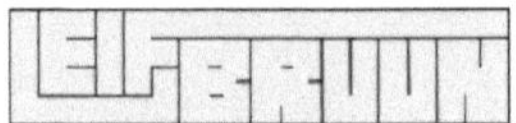

Lars Pæ'sen var taget i biografen i Norrenskow -
en dag han døjede lidt med luft i maven.

Heldigvis var det en krigsfilm, så han holdt sig
indtil et større bombardement satte ind, inden han
forsigtigt lettede sig.

Umiddelbart efter lød det fra den bageste række:
  - Da ramt dem da wist æ lokum!

        Beddes de bedste

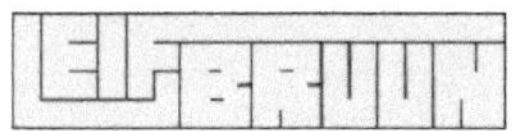

- Hvis lille numme er det? lød det drillende igen og igen.

Det var 2 unge mennesker, der havde lejet sig ind på et hotelværelse, men de kunne ikke rigtig tage sig sammen til at komme i gang med det, det drejede sig om.

Pludselig lød det fra værelset ved siden af:
   - Så tænd da lyset og se efter, hvis røv det er, så vi andre ka' få noget nattero!

Det var almindelig kendt, at *æ Skræd'er* var lun på Lars Pæ'sens Marie.

- Hinn'r ær så kjøn, sagde han.

En aften, han kom på en lidt sen visit, var de gået i seng.

- Sæt dæ ni'er alli'vel får a bette sludder, sagde Lars Pæ'sen.

Det gjorde æ Skræd'er så – på Maries side. Efter et stykke tid listede han forsigtigt hånden ind under dynen - hvor han til sin store forskrækkelse mødte en grov landmandshånd.

- Hva' ska' do dær, spurgte Lars Pæ'sen.

Hvortil æ Skræd'er skyndsomt svarede:
- A wil da båre sæj dæ fårvel!

          Beddes de bedste

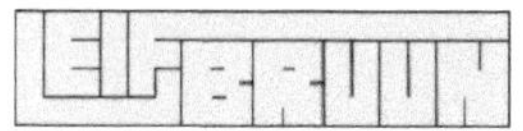

Johanne stod for at skulle giftes med Jens:

- Hva' ær'et e'nlig jen gjør, når jen så'n komm'r te æ brøllupsnat, spurgte hun moren, en aften de sad og snakkede.

- De' ær da nem' nåk, svarede moren. - Do hår da så tit si'er'n, hvor'n æ hunde, dem gjør'et.

Efter brylluppet spurgte moren så nysgerrigt efter, hvordan det var gået:

- Jow, først snust' ham te mæ, så snust' je te ham, så løwt wi hver jen biern, å så pist wi åp a æ kommode!

Lars Pæ'sen havde været til kros og var på vej hjem, da han i mørket fik øje på en mand, der gik og så søgende ud.

- Hva' leder do etter? spurgte han.
 - A hår tawt mi nøjler, svarede manden.

- Hvoffår go'er do et ov'r un'er æ løjt? fortsatte Lars Pæ'sen. - Te dær ka' do møj bedre sier!

   Beddes de bedste

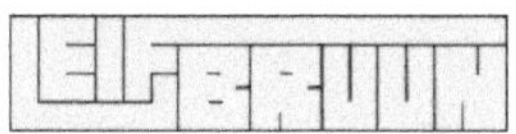

Det var 2 ludere, der boede dør om dør, og havde en løbende kappestrid om, hvem af dem, der havde flest kunder.

Da den ene opdagede, at naboluderen havde sat et skilt på sin dør med teksten:

*Hvorfor rende fra Herodes til Pilatus,
når du her kan få det hele for en tier!*

gik hun hjem og lavede et tilsvarende skilt med teksten:

*Her rodes også med Pilatus
for ni en halv!*

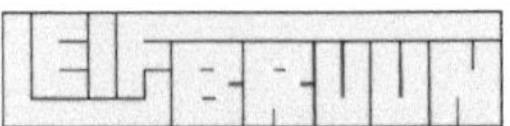

- Hvoffor hår do så'n stour næse? spurgte lille Peter en dag Lars Pæ'sen.

- De' ska' a say dæ, svarede Lars Pæ'sen. - Sier do, djengan' Vårherr' dierlt næs'r uer, da sto' a baverst i æ ky. Da så de' bløw mæ, wår dær kuns two tebavs. Dæn a hår hier, å så a bette sø' jen, li'såm dæn do hår. Da a så will' ta' dæn sø'e jen, say Vårherr':

- Dæn ska' do et ta', Lars Pæ'sen, de' ær'n snottud!

          Beddes de bedste

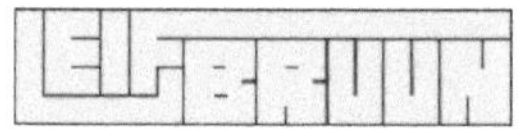

Efterskrift

Rygerlunger blev min mors endeligt. De sidste år af hendes liv kunne hun godt have været foruden. Det sagde hun i hvert fald, når det plagede hende mest. Det forstår jeg godt. Af livsmuligheder kunne hun vælge mellem sengen i soveværelset, stolen i spisekøkkenet og lænestolen foran fjernsynet. Hivende efter vejret med iltslanger og masser af medicin. Skulle hun rundt i lejligheden, foregik det efter mange betænkeligheder, besværligt med gangstativ. Når det var værst måtte hun indlægges på sygehusets lungeafdeling.

- Så længe jeg har mit gode helbred, skal jeg ikke klage, havde alle dage været hendes valgsprog. Det havde hun ikke mere.

Alligevel er det nok godt, det gik, som det gik. Livsmodet holdt trods alt til det sidste. Der var masser af kvalitet i hendes liv. Hele familiens liv med børn, børnebørn og oldebørn blev styret gennem hende. Hun var familiens omdrejningspunkt, der som en mester samlede alle trådene. Det forstår jeg især nu, hvor hun ikke er mere.

- Kommandocentralen, kaldte jeg hendes spise-køkken. Når jeg besøgte hende, kunne det sommetider opleves som Københavns hovedbanegård i myldretiden. Plejere, hjælpere og andre offentlige personer blev styret kontant og med hård stemme. Madudbringeren var hun venligere stemt. Helt anderledes rummende var hun, når det gjaldt familie, naboer og venner. Og det hvad enten det foregik personligt, over telefonen eller med sms'ere.

Værre var det, når hun var indlagt på den altid overfyldte lungeafdeling. Her var hun isoleret, blandt fortravlet personale og medpatienter, der enten var i gang med desperat at hoste lungerne ud af kroppen, alternativt gispende at få luft ned i dem. Opgivelse og dødsangst var en del af hverdagen. Her kom humoren mor til hjælp:
- Jeg er åbenbart lagt ind på den hylde, de ta'r fra, sagde hun med et glimt i øjet.

Eller som ved et senere besøg, hvor jeg ikke kunne finde hende på afdelingen. Af sygeplejersken fik jeg at vide, at hun på grund af pladsmangel var flyttet op på tagetagen i den samme bygning. Her fandt jeg hende helt ude ved vinduet på en stor stue:
- Hvad Søren, har de flyttet dig helt her op? spurgte jeg dumt.
- Ja, det er nok fordi, jeg ligger på det yderste! svarede hun tørt.

          Beddes de bedste

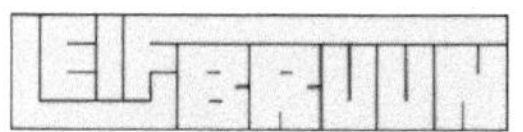

Ellers var det svært at have en konstruktiv samtale med hende, når hun var indlagt. Det blev nemt til den sædvanlige snak om sygdom, medicin, hvad lægen havde sagt og historier om andres elendigheder, der altid florerer i rigt mål på et sygehus.

I min søgen efter emner, kom jeg til at tænke på mors evne til på levende vis at fortælle vittigheder Hvoraf nogen af dem i familiens skød var blevet klassikere, som jeg længe havde haft lyst til at skrive ned. Den idé var hun straks med på. Hun krøb ind i hjørnet af sengen og trak benene og dermed dynen op som skærm mod de andre på stuen. Jeg satte mig ind til sengen og skærmede tilsvarende af med ryggen. Med iltslange i næsen og svag stemme gik mor herefter i gang med at fortælle småsjofle vittigheder, som jeg skrev ned. Ind imellem kluklo vi begge - af vittigheder, vi havde hørt utallige gange før livet igennem.